Coordinador de la colección: Daniel Goldin
Diseño: Joaquín Sierra Escalante
Dirección artística: Mauricio Gómez Morin

A la orilla del viento...

Primera edición, 2000
Tercera reimpresión, 2005

Hinojosa, Francisco
Buscalacranes / Francisco Hinojosa; ilus. de Rafael Barajas "El Fisgón". — México : FCE, 2000
91 p. 19 × 15 cm — (Colec. A la Orilla del Viento)
ISBN 968-16-6281-4

1. Literatura infantil I. Barajas, Rafael, il. II. Ser III. t

LC PZ7 Dewey 808.068 H799b

A Aura María, en Medellín
A María y Sofía, en Torreón
A Lucero, en la Portales
A Danij, en Cuernavaca

Comentarios y sugerencias: editor@fce.com.mx
www.fondodeculturaeconomica.com
Tel. (55)5227-4672 Fax (55)5227-4694

Este libro fue escrito con el apoyo del Sistema Nacional de Creadores

ISBN 968-16-6281-4

Impreso en México • *Printed in Mexico*

Buscalacranes

Francisco Hinojosa

ilustraciones de Rafael Barajas *'el fisgón'*

FONDO DE CULTURA ECONÓMICA

Eran tres

◆ LOS TRES eran buenos amigos: Leidi, Juliana y Sancho.

Sancho acababa de cumplir los once años. Su papá era dueño de una panadería y su mamá se dedicaba a dar clases de ballet a las niñas del barrio. No tenía hermanos, ni perros ni gatos: su fiel compañero era Pantaleón, un ganso malhumorado a quien nadie quería, salvo él y sus dos amigas. A Sancho le gustaba romper piñatas, construir barcos de madera y bailar música moderna: era un experto en el baile de moda, el bala-bala. Más bien de corta estatura, usaba una gorra vieja de beisbolista que nunca se quitaba y sus orejas eran algo más grandes que las normales.

Juliana tenía diez años, siete diademas, seis cepillos de dientes, cinco gatos, cuatro platillos preferidos, tres hermanos futbolistas, dos abuelos que vivían en la montaña y una patineta. Le gustaba leer cuentos de príncipes y princesas, jugar a los disfraces y cantar canciones inventadas por ella misma. Tenía el pelo del color de las zanahorias, unos anteojos redondos, las piernas flaquitas y unas botas verdes que le había comprado su papá y que apenas se quitaba para dormir.

Leidi era la más pequeña: iba a cumplir apenas los nueve años. Vivía con sus tías, doña Berta y doña Petra, que eran las señoras más regañonas de todo el lugar. Sus papás, que trabajaban todo el día en quién sabe dónde, la visitaban los domingos y le llevaban regalos y dulces. A Leidi le faltaban dos dientes, se ponía siempre faldas azules y le encantaba peinarse de trenzas. Su mascota, una perra labrador color miel, estaba invariablemente a su lado.

Eran tres: Leidi, Juliana y Sancho.

Casi todas las tardes se reunían a platicar y a jugar. Juliana les contaba cuentos y les cantaba canciones, Leidi inventaba chistes y Sancho se refería a sus aventuras y les enseñaba los pasos más sencillos del bala-bala.

Además de ser muy buenos amigos, los tres vivían en el mismo barrio, iban a la misma escuela y compartían una pasión: los bichos. ◆

Los cazabichos

◆ Encontrar arañas, escarabajos o cucarachas es la cosa más fácil del mundo. Atrapar mariposas, avispas o abejorros: igual. Todo es cuestión de que los bichos estén al alcance, de tener un poco de paciencia y especialmente de saber cómo apresarlos.

Para coger una luciérnaga, por ejemplo, hay que tomar las cosas con calma. En temporadas de lluvia, cuando las luciérnagas salen en las noches a encender su linterna de luz, hay que esperar a que se cansen y bajen unos instantes a reposar sobre el pasto o sobre la hoja de un árbol. Entonces: *¡cuach!*, a encerrarlas en un frasco de vidrio. Juliana llegaba a juntar más de treinta en una sola noche. Cuando lo hacía, colocaba el frasco en su buró, apagaba la luz y contemplaba durante un buen rato su lámpara de luciérnagas. Luego, antes de dormirse, las devolvía a la oscuridad. Así aseguraba que nunca se fueran a acabar.

Leidi era la especialista en mariposas. Con su red, con los saltos que pegaba y con su buen tino, rara vez se le iba una.

Atravesadas con alfileres y en perfecto orden según colores y tamaños, Leidi tenía una colección de mariposas en varias cajas de madera. Con frecuencia los niños del barrio iban a su casa para conocer su museo particular.

Sancho era un buen inventor de trampas. Aunque podía cazar bichos sin mayores dificultades, por ejemplo un escarabajo, él prefería guiarlo poco a poco hasta que cayera en una cajita de cartón construida con sus propias manos. Desde que inventó su trampa antirratonil ya nadie se preocupaba en el barrio por llamar a las compañías de fumigación o comprar poderosos venenos: él atrapaba los ratones, los abastecía de alimentos por algunos días y, ya que reunía varios, los dejaba en libertad en la montaña en la que vivían los abuelos ermitaños de Juliana.

Algunos los conocían como Los Cazabichos, aunque casi todos se referían a ellos como Los Tres. ◆

El anuncio

◆ FUE JULIANA la que se topó con el anuncio. Pegado en uno de los cristales de la papelería, a la que había ido a comprar una tira de etiquetas blancas para ayudarle a Leidi a clasificar sus nuevas mariposas, había un anuncio que llamaba mucho la atención por estar escrito en una cartulina de color amarillo eléctrico:

> **URGENTE URGENTE URGENTE**
> **SE SOLICITAN BUSCALACRANES**
>
> EXPERIENCIA MÍNIMA DE CINCO AÑOS. MUY BUENA PRESENTACIÓN. INDISPENSABLE QUE PESEN MÁS DE CUARENTA KILOS.
>
> COMUNICARSE CON EL DOCTOR VÍTAR ÖSTENGRUFF AL TELÉFONO 22227 (NOCHES) O ACUDIR AL CALLEJÓN DEL CANGREJO DORADO NÚMERO 15.

¡URGENTE!
¡URGENTE!

Era cierto que ninguno de Los Tres –Leidi, Sancho y Juliana– tenía fama en el barrio como experto buscalacranes.

Leidi, además de ser una buena cazamariposas, era también una gran matarañas: varias veces a la semana la llamaban por teléfono para que fuera a las casas vecinas a deshacerse de alguna araña presuntamente venenosa, aunque en realidad fuera inofensiva.

A Sancho todos lo conocían como buen atraparratones y encuentraciempiés. A estos últimos y a los milpiés, que eran el terror de las mamás y los niños, los encontraba antes de que salieran de sus escondites a asustar a los humanos con sus hileras de patitas. Eran el platillo favorito de Pantaleón, su ganso.

Juliana tenía fama de rescatalagartijas, aplastatarántulas y sacabejas (la llamaban así porque con mucha frecuencia le pedían que echara afuera a las abejas que sin querer se metían en las casas y no sabían cómo salir de ellas). La señora Orandina, que vivía justo al lado de su casa, tenía la mala pata de toparse a cada rato con tarántulas. Era capaz de regalarle a Juliana un pastel por cada una que aplastara con una roca, una escoba o, la mayor parte de las veces, con sus temibles botas verdes.

Lo que sí es que ninguno tenía fama de buscalacranes. Y no es que no hubiera alacranes en el lugar. Lo que sucedía es que a nadie le importaba su existencia porque era más bien raro toparse con alguno. Ni siquiera a Los Tres. Por eso no iba a ser fácil demostrar una experiencia de cinco años.

En cuanto a la buena presentación que pedía el anuncio, sólo Leidi llenaba el requisito: sus faldas azules, bien conservadas y limpias, eran la envidia de las niñas del barrio. Y no se diga de sus blusas y sus trenzas brillantes y perfectamente bien hechas. En cambio, Juliana y Sancho no le daban importancia a su arreglo. Ella sólo tenía dos pantalones. Podía usar los mismos toda la semana; los lunes se veían recién lavados y planchados, los jueves un poco sucios y los domingos ya eran una pena. El lunes siguiente se ponía los de relevo. Sancho sólo usaba camisetas negras, pants negros y tenis negros. Aunque tenía una colección de ellos, todos eran iguales.

Algo que ninguno de Los Tres tampoco cumplía, se refería al peso exigido en el anuncio. Ni aunque se pusieran a dieta de pizzas, espagueti y merengues lograrían llegar a los cuarenta kilos que el doctor Östengruff pedía.

De cualquier manera decidieron presentarse en el Callejón del Cangrejo Dorado porque, si bien no llenaban todos los requisitos, sabían que no existía nadie en muchos kilómetros a la redonda que pudiera ser tan buen buscalacranes como ellos. ◆

La entrevista

◆ En el número 15 del Callejón del Cangrejo Dorado, el doctor Östengruff saboreaba una deliciosa paella, acompañada con jugo de mango, piña, durazno y plátano. Sus dientes, amarillos por tanto consumir alimentos de ese color, brillaban como si tuvieran luz propia.

En cuanto escuchó el sonido del timbre, se apuró a recoger su plato y su vaso, a apagar la luz y a cerrar la reja de su laboratorio. Bajó al primer piso y abrió la puerta.

–¿Doctor Ostungriff?

–¡Östengruff! Ése soy yo, Östengruff, si no me equivoco –respondió el señor al tiempo que les mostraba su amarillenta dentadura.

–¿Podemos hablar con usted? –solicitó Juliana.

El doctor se encogió de hombros y con una mano les hizo un ademán de bienvenida. Los pasó a una pequeña oficina con la alfombra, los muros y los muebles tan amarillos como sus dientes, y también como su camisa, sus pantalones y sus zapatos. Las paredes exhibían varios diplomas y reconocimientos a nombre del Doctor en Alacranología Vítar Östengruff. Sobre su escritorio tenía diversos objetos con forma de alacrán: pisapapeles, gomas de borrar, lápices, ceniceros, clips.

Cerró la puerta y les preguntó con voz grave:

–¿A qué debo su visita, jovencitos? Puedo recibirlos exactamente tres minutos porque tengo muchas cosas que hacer. Los hombres de ciencia, como yo, no podemos perder el tiempo sin perjudicar el futuro de la humanidad. Así que dense prisa para decirme lo que tengan en la boca. ¿Quieren hacerme una entrevista para su escuela? ¿O acaso están juntando periódico viejo para...?

–No, señor, venimos por el trabajo –dijo Sancho.

–¿El trabajo?

–El trabajo de buscalacranes –aclaró Leidi.

El doctor miró a los niños de los pies a la cabeza y de la cabeza a los pies. Luego dio una vuelta alrededor de ellos, se quedó mirando fijamente hacia los pantalones de Juliana, tocó la perfecta trenza de Leidi y la gorra de Sancho. Al final se enfureció:

–¡¿Qué no saben leer?! ¡Lo que yo necesito son buscalacranes experimentados, serios, bien vestidos y con más kilos que ustedes! ¡Vuelvan a leer el anuncio y verán que no necesito a niños que me hagan perder el tiempo! ¡Pónganse a jugar con sus muñecas y sus patines!

–Pero... –intentó decir Juliana–, no va a encontrar mejores buscalacranes que nosotros.

–Somos los únicos –añadió Leidi.

–Y no sólo alacranes, doctor Ästungriff...

–Öööööööös-teeeeeeeeen-gruffffffff –corrigió malhumorado el doctor.

–También podríamos traerle –continuó Sancho– ciempiés y saltamontes y cochinillas y lombrices y campamochas y...

–Ratones, viboritas, gallinas ciegas, azotadores, orugas...

–Chicharras, jumiles, langostas, moscardones, libélulas, babosas, caracoles...

–Insectos palo, caras de niño, escarabajos peloteros, chinches besuconas, gusanos de maguey, viudas negras, hormigas de San Juan...

–¡Basta! –gritó enojado el doctor–. ¿Piensan que si me marean van a conseguir el trabajo, eh? ¡Pues están muy equivocados!

–Denos la oportunidad, por favor. Verá que le vamos a quedar muy bien –suplicó Juliana.

–A ver, a ver, a ver. ¿Cuál de ustedes pesa más de cuarenta kilos? ¿Tiene alguno al menos cinco años de experiencia como buscalacranes? ¿Y qué hay de la buena presentación? Salvo tú –se dirigió a Leidi–, tus amigos tienen una facha que no soporto...

–Pero somos los mejores cazabichos que pueda haber por estos rumbos –insistió Sancho.

–Pregúntele a la señora Orandina y al señor Gulp y a...

–¿Conque son buenos para atrapar insectos?

–Somos los mejores.

El doctor Östengruff volvió a revisarlos uno a uno. Les miró las greñas, los ojos, las manos, las rodillas. Se sentó al fin en una cómoda mecedora amarilla y les dijo:

–No estoy muy seguro de que haré una buena elección al contratarlos, pero... el tiempo me tiene contra la pared. Así que tomen asiento. Vamos a platicar un poco. ◆

Los alacranes

◆ –EN PRIMER lugar –dijo el alacranólogo– les diré por qué pedí que mis buscalacranes pesaran más de cuarenta kilos. Como deberían saber, aunque dudo mucho que así sea, cuando los alacranes pican a un ser humano le inyectan una sustancia llena de toxinas que puede llegar a matar a su víctima. Si el sujeto pesa más de cuarenta kilos es muy difícil que las variedades de alacranes que viven en nuestra ciudad le causen mayor daño: sentirá mucho ardor, luego se le adormecerá la parte afectada y quizás llegue a sentir que la garganta se le cierra un poco.

–A mi tía le picó uno –dijo Juliana.

–Supongo que pesará más de cuarenta kilos y que no fue necesario que le administraran suero antialacránico. En cambio, a jovencitos como ustedes un piquete de alacrán los mandaría directo al hospital. Sólo existe un escorpión en esta zona que sí es peligroso para todo el mundo: el *alacranis botaritis*, mejor conocido como alacrán ahuacatero. Es rojo y muy pequeñito. Pero es tan raro encontrarse con uno de ellos que sería más fácil que se toparan con un delfín en pleno bosque o con un dragón de Tasmania en su cama.

–Somos expertos –insistió Sancho–. Hemos cazado ciempiés, tarántulas, vinagrillos, una víbora de cascabel...

–Y ni siquiera nos ha picado una abeja –añadió Leidi.

–El caso es que yo no me puedo hacer responsable de ustedes. Además pedí cinco años de experiencia porque me urge tener setenta y cuatro alacranes a más tardar en quince días. Y esa cantidad sólo la pueden lograr en tan poco tiempo los buscalacranes profesionales. Como deberían saber, por estos rumbos no son muy comunes los alacranes.

–Setenta y cuatro no son muchos –dijo Leidi convencida.

–En cuanto a la buena presentación, se trata de un capricho mío. No soporto a la gente mal vestida. Véanme a mí –y se levantó de su mecedora para que Los Tres admiraran su pantalón, camisa y pañuelo amarillos, sin una sola arruga, perfectamente limpios.

–Le prometemos vestirnos mejor para la próxima vez.

–El verdadero problema es que si no me consiguen los setenta y cuatro alacranes a más tardar en quince días, las consecuencias serán irreversibles.

–¿Para qué quiere los bichos? –se interesó Juliana–. ¿Para venderlos? ¿Los colecciona?

–Como podrán notar por los diplomas que están colgados en la pared, yo soy uno de los alacranólogos más reconocidos del mundo. Desde hace más de veinte años me he dedicado a estudiar para qué podría servir el veneno de los alacranes. Y ahora estoy a punto de lograr uno de los descubrimientos más importantes de este siglo: la cura de un mal que se llama bampacrisis. Es una enfermedad espantosa. La gente que la padece empieza a bajar de peso y a encogerse rápidamente, hasta que después de cinco o seis semanas desaparece por completo: *¡bamp!* Yo he visto con mis propios ojos a personas con bampacrisis que llegan a tener el tamaño de una hormiga. Y luego, al día siguiente: *¡bamp!*, se esfuman.

–¿Y yo podría enfermarme de bampa...? –preguntó Juliana con cara de susto.

–Bampacrisis. Por supuesto que puedes pescar el mal. Tú y todo el mundo. Es cuestión de que tengas la mala fortuna de que te clave los colmillos una *ophidia östengruffiata*, conocida vulgarmente como culebrita de Manila. Es una serpiente muy pequeña, casi del tamaño de una lombriz, roja con puntos negros, muy difícil de encontrar. Sólo he visto cuatro en toda mi vida. Y eso que yo fui quien la descubrió para la ciencia.

–¿Y los alacranes? –preguntó Leidi.

–Aquí es donde intervienen los alacranes que necesito con urgencia. Una de las toxinas más poderosas de este veneno, llamada toxipinina, puede no sólo ayudar a detener el mal sino a revertirlo. O sea: con la vacuna que estoy a punto de inventar puedo hacer que todos los bampacrísicos vuelvan a ser tal y como eran antes de que la culebrita de Manila les inoculara su veneno. No son muchos: hasta hoy se han detectado sólo treinta casos.

–¿Y por qué la urgencia de tener los setenta y cuatro alacranes antes de quince días?

–Porque dentro de unos quince días... mi esposa: *¡bamp!*, ¿Comprenden? Mi propia esposa: *¡bamp!* ◆

El contrato

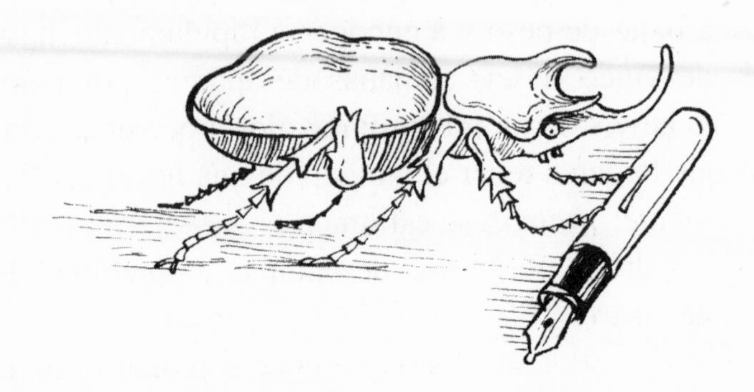

◆ MIENTRAS el doctor hablaba acerca de las serpientes, de los escorpiones y de sus experimentos, Los Tres apenas si tenían tiempo de parpadear. Estaban algo más que asombrados con todo lo que les decía el doctor e inventor Östengruff: ya lo admiraban.

–Si después de todo lo que les he dicho quieren seguir siendo mis buscalacranes deben firmar un contrato. Yo no puedo hacerme responsable de lo que les pase. Como ven tengo problemas más importantes en qué pensar.

–Le prometemos que no se va a arrepentir.

–En cuanto a la presentación, espero que la próxima vez que nos veamos se vistan al menos con ropa más limpia y de colores más vivos, más llamativos, más brillantes, como el amarillo. ¿De acuerdo?

Y sin esperar una respuesta, el doctor subió a su laboratorio y regresó, después de quince minutos, con una hoja color canario que Juliana leyó en voz alta:

Contrato que celebran los tres -Sancho, Juliana Y Leidi- con el doctor Vítar Östengruff, Según las siguientes cláusulas:

1. Los tres deben proporcionar al doctor la cantidad de 74 alacranes, todos vivos, sin importar su tamaño y su color, a más tardar en quince días.

2. Como son menores de edad, a cambio de los 74 alacranes los tres recibirán como pago la colección de escarbajos del doctor.

3. Si un alacrán le picara a alguno de los contratantes, el doctor no tendrá la responsabilidad de atenderlos.

4. El doctor renuncia a la exigencia de buena presentación que deberan tener sus cazabichos, así como a la experiencia solicitada, sólo porque insistieron mucho en conseguir el trabajo y le parecieron confiables.

Firman y aceptan las anteriores cláusulas

Juliana *Sancho* *Leidi*

Doctor Vítar Östengruff ◆

Tres días

◆ Al día siguiente de haber firmado el contrato con el doctor Östengruff, Leidi, Sancho y Juliana se pusieron a buscar alacranes. Pudieron hacerlo a sus anchas porque precisamente la semana anterior habían comenzado las vacaciones de verano. Lo primero que se les ocurrió fue llamar a los amigos, a las mamás de los amigos y a los vecinos:

–Si ven un alacrán en su casa, por favor llámenos porque desde hoy somos buscalacranes.

Lo segundo fue ponerse a cazar: buscaron en las tejas, bajo las piedras, en las paredes, dentro de las botas y los zapatos, arriba de las despensas, en el armario, el garage, los árboles, la tierra. Escarbaron en la hortaliza, removieron las llantas, esculcaron en los cajones y revisaron la barda de piedra. Al final del día, Los Tres se reunieron en casa de Juliana: ella había atrapado tres, Leidi dos y Sancho siete. De a doce alacranes por día, conseguirían los setenta y cuatro en casi una semana, aunque había que tener en cuenta que cada día serían más escasos. El plazo dado por el doctor Östengruff era apenas justo: una quincena.

El miércoles siguiente atraparon seis, el jueves tres, el viernes dos, el sábado ocho y el domingo uno. Ese día se reunieron en casa de Sancho para sumar sus presas: tenían apenas treinta dos, sin contar todos los alacranes que encontraron muertos en el taller del carpintero López, que había tenido la mala idea de fumigar un día antes, y los que seguramente se había desayunado Pantaleón, el ganso de Sancho. Sin mencionar los que había aplastado Elías.

Elías Pistrécalo era un niño de trece años que seguramente sí pesaba más de cuarenta kilos: era el más alto del equipo de basquetbol y su apariencia era tan atlética que se juntaba con los muchachos de quince. Además de ser deportista, era tan glotón que podía comerse él solo tres hamburguesas con queso o dos pizzas de salami, y era capaz de lanzarle piedras al perro de la señora Orandina y de no someterse a los regaños de doña Berta y doña Petra, las tías enojonas de Leidi. Otra de sus características era que odiaba a todos los animales: los tigres, las ranas, los colibríes, las lagartijas, los peces y las moscas. Por extensión, también odiaba a los cazabichos del barrio: Leidi, Juliana y Sancho.

En cuanto Elías se enteró de que Los Tres andaban buscando alacranes vivos por todo el vecindario, él se dedicó horas y horas a buscar y matar a cuanto bicho se encontrara frente a él, sin importar que fuera un indefenso grillo o un desvalido caracol. Y por supuesto, logró quitarle la vida, con su zapato, la escoba o el insecticida, a más de siete mil hormigas, ciento veinte escarabajos, dos gatos, un perico y más de cincuenta alacranes, que bien hubieran servido para el experimento del doctor Östengruff.

La siguiente semana fue menos productiva. Parecía que los alacranes supieron que alguien los estaba cazando y corrieron a otros sitios o se escondieron en lugares más inaccesibles para sus captores. En casa de Juliana se pusieron a hacer cuentas: faltaban tres días para que se cumpliera el plazo que les había dado el doctor Östengruff y apenas tenían cincuenta y seis presas. De nada le había servido a ella hacer el largo viaje a la montaña para visitar a sus abuelos: regresó con tan sólo tres de sus codiciados y ponzoñosos bichos. Sacó la calculadora y anunció la cifra a sus amigos:

–Nos faltan exactamente dieciocho alacranes para que a la señora Östengruff no le pase eso del ¡*bamp*!

–Diecinueve –se apuró a decir Leidi–. Uno de los primeros que atrapamos se murió.

–Si Elías no estuviera matando *nuestros* alacranes de seguro ya tendríamos de sobra –se quejó Sancho–. Cada vez es más difícil encontrarlos. Ya no se me ocurre dónde más buscar.

–En la panadería de tu papá –propuso Leidi.

–Allí encontré tres, uno muerto y dos vivos. Y les puedo asegurar que ya no queda ninguno.

–Yo voy a convencer a Elías –dijo Juliana– de que en vez de matar alacranes nos ayude a apresarlos.

–Eso es imposible. Él no puede toparse con una diminuta hormiga sin aplastarla con el zapato. Hasta los canarios y las catarinas le molestan. Es un caso perdido.

–Lo único que sé es que tenemos tres días para hallar los diecinueve que nos faltan. ◆

Como estampa

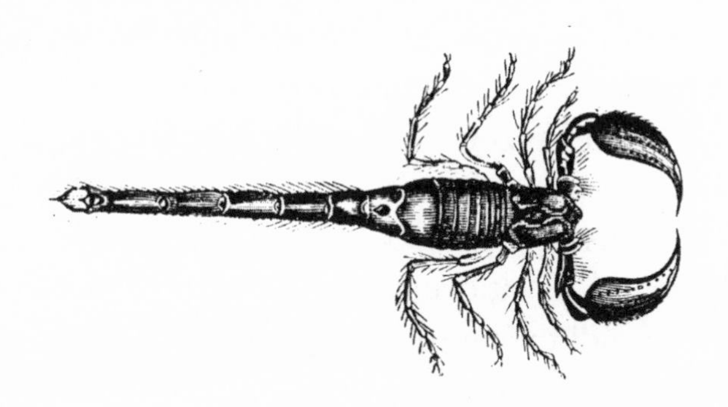

◆ UN DÍA antes de la cita que tenían con el doctor Östengruff para hacerle entrega de su trabajo, Sancho, Juliana y Leidi habían reunido apenas sesenta y uno. Sabían que la vida de su esposa dependía de que ellos le llevaran los setenta y cuatro alacranes vivos. Si lograron convencer al doctor de que ellos eran los mejores buscalacranes de la ciudad, no podían defraudarlo.

–Tengo la solución –propuso Juliana–. ¿Qué tal si le decimos a Elías que...?

–Ya te dije que es un caso perdido: nunca de los nuncas nos va a ayudar. No nos soporta ni soporta a los bichos.

–Por eso, por eso. Le podríamos decir que si nos ayuda le damos a cambio veinte pesos para que se compre sus pizzas y sus hamburguesas.

–O cuarenta –intervino Leidi.

–Nos odia tanto que con tal de que gastemos nuestros domingos en comprarle su comida de seguro sería capaz de ayudarnos.

La idea de Juliana, al parecer, no era tan mala.

Sancho se acomodaba la gorra de beisbolista de un lado al otro, caminaba a lo largo del garage y apretaba los puños con fuerza. Al fin detuvo su caminar nervioso y aceptó:

–Creo que tienes razón. Sólo eso puede funcionar. Vamos a buscar a Elías.

Fue tal la alegría que se apoderó de Los Tres que, a punto de salir al encuentro de su declarado enemigo, supieron que tendrían suerte: Leidi encontró un alacrán en la pared, como estampa, con su cola levantada y las tenazas abiertas. Era una clara señal de que iban por buen camino. Fue Sancho el encargado de meterlo en un frasco. El alacrán entró furioso a su cárcel de cristal: daba vueltas en círculo, desesperado, con la cola amenazante. Dejaron el frasco junto a unos botes de pintura.

Encontraron a Elías en la cancha de basquetbol. Nomás de verlos hizo un gesto de fastidio. Pero en cuanto Los Tres se le acercaron para decirle que querían platicar urgentemente con él, la curiosidad pudo más y dejó a sus compañeros de equipo sin su importante labor como defensa.

–Espero que no me vengan con una tontería relacionada con los bichitos que andan cazando, ¿eh?

–Pues sí –se puso valiente Juliana–: venimos a pedirte que nos ayudes.

–¿Ayudarlos yo? ¿A cazar alacranes? ¿Desde cuándo se les ocurrió creer que soy su amigo?

–Si nos ayudas –siguió Sancho– te damos nuestros ahorros...

–Como veinte o veinticinco pesos...

–Para tus hamburguesas y tus pizzas...

–¿Me van a dar a mí todo su dinero?

–Te lo prometo –dijo Leidi.

–¿Por juntar alacranes?

–Nos hacen falta doce.

–¿Y quieren que yo los ayude?

–Te damos a cambio los veinticinco pesos.

–Cuarenta.

–Está bien: algo haremos para darte los cuarenta.

–¿Cuándo empezamos?

–Tenemos que conseguir los doce alacranes hoy mismo, si no...

–Si no ¿qué?

–Si no la esposa del doctor...

–¿De verdad con doce alacranes me dan cuarenta y cinco pesos?

–Sí, sí, cuarenta y cinco –aceptó Sancho a nombre de Los Tres.

–Creo que voy a ayudarlos.

Antes de llevar a Los Tres a un sitio en el que Elías acostumbraba desquitar sus odios matando alacranes y arañas de todo tipo, pasaron a su casa a formalizar el trato. En una hoja escribió:

YO, ELÍAS PISTRÉCALO, HE DECIDIDO LLEVAR A LOS BUSCALACRANES LEIDI, JULIANA Y SANCHO A UN LUGAR EN EL QUE PODRÁN ENCONTRAR LOS BICHOS QUE NECESITAN. A CAMBIO DE LOS ALACRANES QUE SEGURAMENTE ENCONTRARÁN ALLÍ, NO IMPORTA CUÁNTOS, ELLOS SE COMPROMETEN A DARME CINCUENTA PESOS.

ESTÁN DE ACUERDO Y FIRMAN

Juliana *Leidi* *Sancho*

Elías Pistrécalo ◆

El recuento

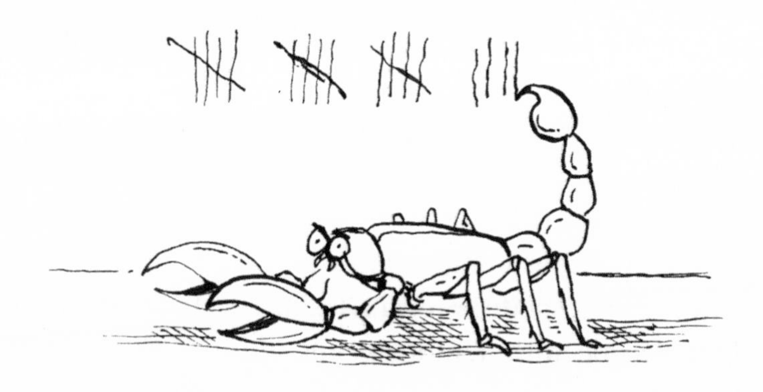

◆ Los Tres firmaron la hoja que escribió Elías, el odiabichos, y de inmediato se lanzaron a la calle, tras él, rumbo al Pedregal Pelado. Tuvieron que caminar casi media hora antes de llegar a un sitio seco, lleno de rocas y sin sombra.

Debajo de muchas de las piedras del lugar, Leidi, Sancho y Juliana encontraron una gran cantidad de alacranes, alacranas y alacrancitos. Al cabo de cuatro horas de búsqueda, cuando la oscuridad de la tarde ya casi no les permitía ver, los cazabichos se despidieron de Elías y prometieron verlo al día siguiente para hacerle entrega de los primeros veinticinco pesos.

El llegar a la casa de Juliana, donde habían decidido guardar sus presas, Los Tres se pusieron a contar los alacranes atrapados a lo largo de quince días. Efectivamente, la cacería en el Pedregal Pelado había sido la mejor, la más fructífera, la definitiva.

–En total –resumió Sancho con la calculadora en la mano–

tenemos setenta y un alacranes. Faltan tres para completar la cantidad que nos pidió el doctor.

–Dos –añadió Leidi–. Acuérdate del que atrapamos en el garage de tu casa.

–Es cierto –se le iluminó la cara a Juliana–. Sólo faltan dos.

Al verse tan cerca de la meta, Los Tres dejaron de hablar para poner los ojos en las paredes: con suerte encontrarían allí uno que hiciera la resta más optimista.

Tuvieron que despedirse, casi a las nueve de la noche, con la esperanza de que muy temprano encontrarían los ejemplares faltantes.

Sin embargo, hacia las dos de la tarde, poco antes de la hora en la que se habían comprometido con Östengruff a entregarle los alacranes en el Callejón del Cangrejo Dorado, Sancho, Leidi y Juliana reconocieron que tendrían que llegar con el doctor sin haber cumplido con lo prometido: les seguían faltando dos presas. ◆

La entrega

◆ CON SETENTA y dos alacranes vivos, bien guardados en frascos y cajas pequeñas, Los Tres llamaron a la puerta del alacranólogo para entregar su incompleta tarea. Para que el trago fuera menos amargo, ya que no llegaban con la cantidad de alacranes solicitada, se pusieron su mejor ropa, aunque fuera de un color distinto al que tanto le gustaba al doctor.

El doctor Östengruff los recibió muy nervioso, vestido por completo de amarillo y con el contrato que habían firmado en la mano.

–Espero por ustedes, por mi esposa y por mí que hayan cumplido con el contrato que firmaron.

En su laboratorio, el doctor fue sacando cada uno de los alacranes. Con sus guantes antipiquete y las pinzas exprimidoras cogía los escorpiones, les quitaba la diminuta gota de veneno que los protegía contra sus enemigos naturales y depositaba ese escaso elíxir en una hoja de cristal.

Mientras el alacranólogo hacía su trabajo, Leidi se puso a conocer el laboratorio. Vio jaulas con ratas, conejos, camaleones y serpientes, frascos con sustancias de varios colores, pequeñas sierras, pinzas y martillos, jeringas de diversos tamaños y muchos libros. Allí estaba también, a la vista, la colección de escarabajos africanos que les había prometido a cambio de los alacranes.

En un rincón se topó con una pequeña casa de muñecas. Le pareció tan raro encontrarse con algo así en el laboratorio de un científico que se acercó con curiosidad. Al escuchar que salía de ella un diminuto chillido, apenas audible, se sorprendió aún más. Fue entonces cuando supo todo lo que significaba el

¡bamp! del que les había hablado el doctor: dentro de la casa una señora tan chiquita como una uva le gritaba:

–Mi niña, auxilio, ya casi *¡bamp!* Dile a Vítar que si no se apura con la vacuna ya no me va a encontrar.

Al principio se quedó paralizada de la impresión. Luego, sin decir palabra, corrió hacia Östengruff, que en ese preciso momento le reclamaba a los cazabichos:

–Si no me equivoco, jovencitos, faltan dos alacranes.

–Si nos espera un rato más se los traemos sin falta –aseguró Juliana.

–Dos alacranes los conseguimos en una o dos horas, ¿qué dice? –propuso Sancho.

–Por favor...

–Tienen suerte: en el tiempo en que ustedes buscaban alacranes para mí, yo me topé con tres. O sea, nos sobra uno.

–¡La señora! ¡La señora! –llegó gritando Leidi–. ¡Está a punto del *bamp*!

A Östengruff se le pararon las cejas, los ojos se le inyectaron de sangre y alzó la voz:

–No más preguntas. Tengo que trabajar. Si quieren quedarse aquí, háganlo en silencio.

Y entonces Los Tres conocieron cómo trabajaba el doctor: terminó de exprimir el veneno de los alacranes en la hoja de cristal, le añadió cuatro gotas de un líquido amarillo, el jugo de dos uvas verdes, una pizca de un polvo que parecía azúcar morena y un montón de pulgones verdes. Luego encendió el mechero y calentó un poco el tubo. Al final, sirvió el resultado de su experimento en una copa minúscula y le sopló para que se enfriara.

Como le temblaban las manos, le pidió a Leidi que ella le llevara la pócima a su esposa.

La señora Galga Östengruff recibió de parte de la niña el pequeño vaso que contenía su vacuna contra la bampacrisis. La tomó con su diminuta mano y se la bebió de un solo traguito.

–Bueno, ahora a esperar. Lo más probable es que dentro de una semana mi esposa vuelva a ser tal y como era antes.

–¿Y podemos venir a verla?

–Supongo que eso significa que estás dudando de que mi vacuna dé resultado.

–No, no, claro que no. Sólo quería...

–Pueden venir a verla la semana que entra. Antes de darles la colección de escarabajos les tengo que pedir que no le digan nada a nadie de lo que han visto aquí. Mi vacuna es secreta hasta que yo la dé a conocer al mundo, ¿entendido?

Ante la aprobación de Los Tres, el doctor Östengruff les entregó su pago: cinco cajas amarillas que contenían más de quinientos escarabajos africanos. ◆

Galga Östengruff

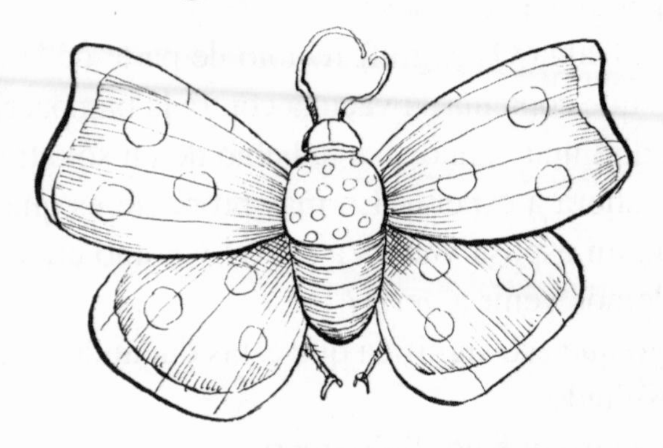

◆ A LA SEMANA siguiente Leidi, Sancho y Juliana volvieron a la casa del afamado alacranólogo para satisfacer su curiosidad: comprobar que la pequeña señora Östengruff había regresado a su tamaño normal.

Ella misma los recibió. Sin haber alcanzado todavía su antigua estatura –era aún un poco más bajita que Sancho–, la señora se veía contenta y de buen humor. Vestida, al igual que su marido, de amarillo mango, los reconoció al instante, los invitó a pasar y les sirvió tres vasos de jugo de piña, una de las bebidas favoritas de su esposo.

–A Vítar le hubiera dado mucho gusto verlos, estoy segura. Ayer se fue a una isla, llamada Nagaratumba, en África. Fue a salvar a un nativo de allí del *¡bamp!*

–¿Es uno de los treinta que tienen bampa...?

–Bampacrisis. Bueno, según me dijo Vítar, ya muchos han muerto, o más bien: se han esfumado. *¡Bamp, bamp, bamp!* Se hacen tan chiquitos que desaparecen. Después de curar al na-

garatumbano, va a viajar a Papanguarícuaro, Lapronia y las Lagunas del Pipiney para sanar a otros.

–¿Y en esos lugares hay buscalacranes? –se le ocurrió preguntar a Juliana.

–Creo que sí... Menos en Lapronia, porque allí simplemente no hay alacranes. El papá de la niña que está al punto del *¡bamp!* se comprometió a contratar buscalacranes en otras partes del mundo para que le lleven los bichos en avión. Cuando Vítar llegue, la niña va a tener casi el tamaño de una manzana.

–¿Y cómo fue que a usted le dio la bampacrisis? –interrogó Sancho.

–¡Puré de hormigas! Fue una estupidez mía. Resulta que quise hacerle un regalo a Vítar en su cumpleaños: limpiar yo misma su laboratorio. Aproveché que había salido a comprar un par de calcetines amarillos para barrer, trapear, sacudir y perfumar el sitio donde pasaba tantas horas al día. Y entonces, ¡espagueti de pulgas!, que meto un dedo sin querer en la jaula de la culebrita de Manila y que me clava sus diminutos colmillos.

–¿Y le dolió?

–No, qué va. Sentí que el dedo se me ponía un poco caliente y luego me dio mucha comezón. Claro, al día siguiente me dio fiebre y empecé a perder el apetito.

–¿Y qué se siente hacerse chiquita? –preguntó Leidi.

–Nada: ni hay dolor ni se siente algo distinto a lo que estamos acostumbrados. El problema es que poco a poco la ropa te empieza a quedar grande, y también la cama y los platos y los tenedores y las piernas de pavo en salsa de piña y mango. Si piensas que vivir en una casa de muñecas es algo agradable, ¡frijoles con abejorros!, es lo peor: las camitas son tan duras como el suelo, los baños no sirven y la televisión es de mentiritas. Además, cuando se te acerca un mosquito lo ves del tamaño de un águila. Y lo más horrible, ¡colibrí con ajo!, es ver que tu esposo te cargue en una mano y esté desesperado por conseguir setenta y cuatro alacranes. ◆

Noticias de Vítar

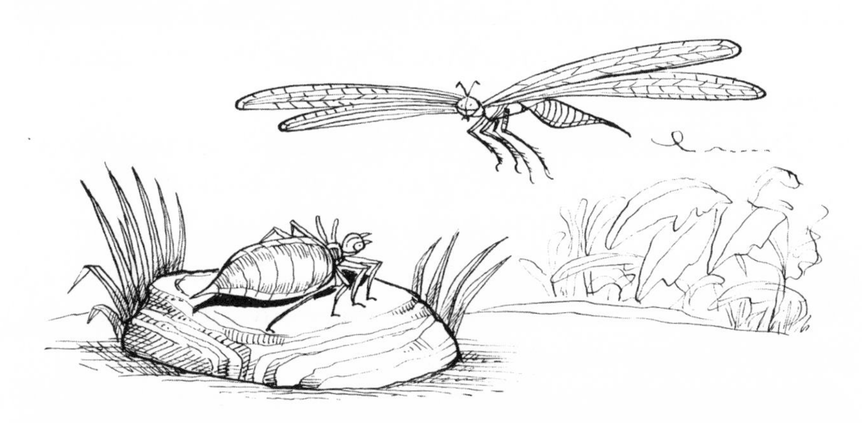

◆ DURANTE los siguientes días Los Tres tuvieron otros trabajos que cumplir. El señor Gulp les pidió que acabaran con las hormigas cuatalatas que durante las noches se cenaban sus plantas y sus árboles. La labor no fue difícil: en cuanto la oscuridad reinó, salieron con las linternas en la mano a buscar el hormiguero profundo que lanzaba a la batalla a sus pequeñas trabajadoras. Con las pinzas de sus bocas unas recortaban las hojas verdes en pequeños fragmentos, mientras otras, adiestradas como cargadoras, se echaban a la espalda los recortes y volvían con ellos a la guarida.

Lo demás fue sencillo: gracias a una fórmula inventada por Sancho –compuesta con albahaca, pimienta, pétalos de cempasúchil, chile piquín y ajo en polvo–, que Los Tres depositaron en el agujero, las hormigas huyeron del mal olor y salieron a buscar otro lugar donde hacer su casa. Eso sí: Los Tres se aseguraron de que fuera muy lejos de las plantas del señor Gulp.

También fueron contratados por el bombero Cienfuegos para hacer una trampa que evitara que su gato se subiera al árbol.

Cada vez que Elegancia, el gato, se trepaba al laurel de su casa, la señora Cienfuegos llamaba a su esposo para que corriera con sus colegas bomberos a bajar al minino. Por supuesto él ya estaba harto del asunto. A Leidi se le ocurrió un buen remedio: atar unas cuantas horas al día a Yuca, su perro, al tronco del árbol con una cubeta de agua cerca de él. Por supuesto, mientras el labrador estuviera allí, el gato no se acercaba. Pero como el perro además se hacía pipí varias veces mientras estaba atado, todo terminó oliendo a perro, cosa que no le gusta nada a los gatos, ni siquiera a Elegancia.

La familia López y López los llamó para que mostraran sus mariposas y escarabajos a unos amigos que habían llegado de Papanguarícuaro. Después de enseñar sus colecciones, Los Tres aprovecharon para preguntar si conocían a alguien que estuviera punto de morir del *¡bamp!* Por supuesto, ellos les dijeron que en su país no existían ni enfermos ni enfermedades, y que la palabra "bamp" era el nombre de un platillo típico papanguaricueño hecho a base de frijoles, lentejas y garbanzos.

Durante ese tiempo tampoco se olvidaron de aumentar la colección de mariposas de Leidi e iniciaron otra, entre Los Tres, de escarabajos no africanos. Y además terminaron de pagar la deuda que tenían con Elías Pistrécalo.

Quince días antes de que acabaran las vacaciones, un lunes, Galga Östengruff llamó por teléfono a Juliana:

–¡Pudín de renacuajos! Tienen que venir de inmediato. No hay tiempo que perder.

Juliana no tardó mucho en localizar a sus dos amigos. Se ci-

taron en la esquina donde iniciaba el Callejón del Cangrejo Dorado. La señora Östengruff los recibió muy agitada y nerviosa.

–Me acaba de llegar este telegrama. Léanlo:

PIPINEY, 8 DE OCTUBRE.

> GALGA: DIOME BAMPACRISIS. URGE LOCALICES LOS TRES. TRAIGAN 148 ALACRANES VIVOS. LOS DE PIPINEY NO SIRVEN PARA HACER ANTIVENENO. DIEZ DÍAS. TENGO TAMAÑO PINGÜINO. TRAER INGREDIENTES NECESARIOS PARA HACER FÓRMULA.
>
> VÍTAR.

–Ciento cuarenta y ocho alacranes en diez días no va a ser muy difícil, se lo prometo –aseguró Sancho al ver la cara triste de la señora Galga.

–¡Qué va! –añadió Juliana–. Con la experiencia que ya tenemos, en diez días juntamos más de doscientos.

–Yo creo que sólo en el Pedregal Pelado hay más de trescientos –dijo Leidi.

–Ocho días –dijo la señora Östengruff–. Ocho días porque el telegrama está fechado ayer y porque las Lagunas del Pipiney están del otro lado del planeta. Tardaríamos al menos veinticuatro horas en llegar.

–¿Tardaríamos? –preguntó Leidi.

–Por supuesto: ustedes tendrán que ir conmigo a llevar los alacranes: yo ni de chiste me acerco a ese tipo de bichos. Además habrá que llevar algunas otras cosas que estoy segura le van a ser de utilidad a mi esposo. Yo me encargo de pedir el permiso a sus papás. De eso ni se preocupen.

–¿Y por qué ciento cuarenta y ocho y no setenta y cuatro? –preguntó Leidi.

–Obvio –respondió Juliana–. Setenta y cuatro son para el doctor y los otros setenta y cuatro para el enfermo de Pipiney. ◆

El Pedregal Pelado

◆ DESDE ESA misma mañana Los Tres se dedicaron a cazar los bichos que el doctor necesitaba para curarse de la bampacrisis.

Y tal y como lo habían previsto, la experiencia los había hecho más eficaces: para el viernes ya tenían ciento dieciséis alacranes bien guardados en sus jaulas de cristal.

El sábado decidieron ir al Pedregal Pelado: estaban seguros de que en unas cuantas horas tendrían más presas de las que se requerían para fabricar el antiveneno.

Y así fue: Leidi cazó once, Juliana catorce y Sancho dieciocho. En total tenían once alacranes de sobra. Quizás no de sobra, ya que en el largo viaje a las Lagunas del Pipiney no era difícil que algunos murieran en el camino.

Estaban recogiendo sus instrumentos cazalacránicos cuando escucharon a lo lejos las risas de Elías Pistrécalo.

–¿Otra vez de buscalacranes? –les gritó.

–¿Te importa? –dijo Sancho.

–Claro que me importa. El problema es que me pagaron cincuenta pesos por venir una vez, ¡sólo una vez!

–Este lugar no es tuyo –lo enfrentó Leidi.

–¿Cómo sabes?

–Este Pedregal es de todos, no tiene dueño.

–Pues están muy equivocados. Desde hace una semana mi papá compró este lugar.

–No le crean –dijo Juliana a sus amigos–, lo dice para que tengamos que pagarle. Será mejor que nos vayamos. No vale la pena hacerle caso.

En ese momento Leidi pegó un grito.

–¡Allá, allá! ¡Una culebrita de Manila!

Sancho y Juliana olvidaron la presencia de Elías y dirigieron los ojos justo hacia el sitio donde la pequeña serpiente se desplazaba en zigzag hacia una pila de rocas. Y tras ella Los Tres volaron en su persecución.

Estaban quitando piedra por piedra, listos para atraparla y llevársela de regalo al doctor Östengruff, cuando Elías los alcanzó.

–Será mejor que ni te acerques –le dijo Sancho–. Si esta viborita te pica: *¡bamp!,* te mueres.

–¿Conque esa lombricita es pe-li-gro-sa? –se burló.

–No hables de lo que no sabes –le contestó Leidi.

–Mira, enanita, sé más de lombrices que tú de muñecas.

Sancho estaba a punto de lanzarle un puñetazo a Elías, a sabiendas de que llevaba todas las de perder, cuando vio que Juliana tomaba sus pinzas, se apoderaba del pequeño reptil y lo introducía en un frasco de cristal.

–¡La tengo, la tengo! –gritó con emoción.

–La tengo yo –dijo Elías, luego de arrebatarle el frasco a Juliana–. Si no me pagan por todos los alacranes que juntaron hoy, tendré que echar esta lombriz a la chimenea. O a lo mejor me la como en una torta. Cuando menos quiero doscientos pesos por ella. ¿O quinientos?

Y se alejó, entre risotadas, a grandes zancos. ◆

Las lagunas del Pipiney

◆ LEIDI tuvo la paciencia necesaria para calmar a sus compañeros. Sancho se había quedado con las ganas de romperle la nariz a Elías y Juliana no se perdonaba que su enemigo le hubiera arrebatado el frasco.

–Tenemos los alacranes –los trató de consolar Leidi–. Mejor olvídense de ese tonto y vamos con Galga a mostrarle lo que hemos hecho.

Ciertamente más convencidos de que eso era lo que tenían que hacer, el coraje se les bajó poco a poco y emprendieron el camino de regreso al Callejón del Cangrejo Dorado, no sin que antes Juliana sacara toda su ira:

–Ojalá y que la culebrita de Manila le pique a Elías en el ojo.

–En la lengua.

–En el ombligo.

Llegaron jadeando a casa de la señora Östengruff antes de que el sol se metiera.

–Los tenemos.

–Sobran once.

–Pasado mañana salimos a Pipiney –les dijo contenta–. Estaba tan segura de que lograrían traerme antes los alacranes que ya tengo los boletos de avión.

–¿Pasado mañana? –se sorprendió Leidi, que no se acordaba de que ellos también irían a Pipiney.

–Ya he hablado con sus papás y están de acuerdo.

El largo viaje hacia las lagunas del Pipiney no fue del todo aburrido. En el avión, desayunaron, comieron, cenaron y volvieron a desayunar platillos que les gustaban mucho a Los Tres. Vieron cuatro películas, jugaron damas chinas y hablaron con un señor barbudo que sabía mucho acerca de los erizos de mar. Galga les contó chistes, Juliana cantó una de las canciones compuestas por ella, Leidi platicó sobre Yuca, su perra, y Sancho dijo que de grande quería ser alacranólogo, como el doctor Östengruff.

–¡Vinagreta de arañas! –exclamó Galga cuando estaban a punto de aterrizar–. ¡Licuado de saltamontes! Se me olvidó traer los pulgones. Yo creo que sin pulgones Vítar no podrá hacer su fórmula.

–¿En Pipiney no hay pulgones?

–Yo qué sé. A lo mejor no hay. O a lo mejor, como sucedió con los alacranes, los pulgones de allí no sirven. Yo qué sé. ◆

Cazapulgones

◆ AUNQUE el viaje había sido muy cansado, Los Cuatro llegaron con ánimo a su destino. Dos pipineyanos los esperaban en el aeropuerto: cargaron sus pertenencias y los subieron a una carreta tirada por cuatro cebras.

Después de tres largas horas de camino, bajo los rayos quemantes del sol, Galga, Juliana, Leidi y Sancho llegaron a una cabaña situada a orillas de una inmensa laguna. Allí los esperaba Vítar, que ya tenía el tamaño de un conejo, bien arropado por las mujeres del lugar con un elegante camisón de color amarillo huevo a su medida. A su lado tenía una casa de muñecas, habitada por el otro bampacrísico que requería del antiveneno.

–¿Trajiste todo lo necesario? –preguntó nervioso el doctor.

–Claro, Vítar –mintió Galga, que no se atrevió a confesar su olvido.

–Tendrán que ayudarme –les dijo a Los Tres–. Con este tamaño va a ser muy difícil que yo mismo pueda exprimir los alacranes y preparar la fórmula.

–Pero... –Leidi intentó decir algo acerca de los pulgones.

–No hay tiempo que perder. Ya está todo preparado para que ustedes repitan mi fórmula. Si no, Tico –y señaló la casa de muñecas–: *¡bamp!*

Adentro de la cabaña, ciertamente, todo estaba listo para que los buscalacranes trabajaran en la pócima antibampacrísica. Leidi colocó todos los frascos con sus presas sobre una gran tabla y Juliana desempacó los demás ingredientes –el líquido amarillo, las uvas verdes y el polvo que parecía azúcar morena. Mientras tanto, Sancho se puso los guantes antipiquete y tomó las pinzas exprimidoras.

Justo cuando empezaba a quitarle la diminuta gota de toxipinina al primero de los alacranes, el pequeño doctor Östengruff se dio cuenta de que faltaba el montón de pulgones verdes.

–¡¿Y los pulgones?! –gritó con su voz apenas audible. ¡Galga!, ¿dónde están los pulgones?

Ella no pudo responder y se echó a llorar.

–No trajimos los pulgones –dijo Juliana para repartir el error entre todos.

–Pero en diez minutos los traemos –añadió Leidi–. Encontrar pulgones verdes es lo más fácil del mundo.

–¡Aquí no! –volvió a gritar el doctor–. ¡En esta época casi no hay pulgones en Pipiney!

–Acuérdese de que somos los mejores cazabichos –lo trató de tranquilizar Sancho.

–¡Ocho gramos, se necesitan ocho gramos! –alcanzó a decir Vítar antes de que los niños salieran de la cabaña–. ¡Y yo con-

sidero que apenas tenemos una o dos horas para salvar a Tico!
–Palabras que Los Tres ya no alcanzaron a oír.

Guiados por seis pipineyanos, Juliana, Leidi y Sancho se lanzaron en busca de los pulgones verdes. Los llevaron hacia el norte de la laguna, un lugar poblado por plantas y flores de todo tipo: ése era sin duda el mejor lugar para conseguir los bichitos.

El buen olfato de Sancho los encaminó hacia las primeras matas habitadas por los pulgones. La labor no fue difícil, salvo porque los intensos rayos del sol apenas les permitían tener las suficientes fuerzas para trabajar.

Cuando al fin estuvieron de regreso en la cabaña, casi al anochecer, Galga los recibió con la mala noticia:

–¡Tico: *bamp*! Lo vi con mis propios ojos. Fue espantoso. Sólo se oyó un diminuto *¡bamp!* y Tico desapareció.

–¡Y si Tico: *bamp* –alcanzaron a escuchar la diminuta voz del doctor–, significa que estamos perdidos! ◆

Bajo llave

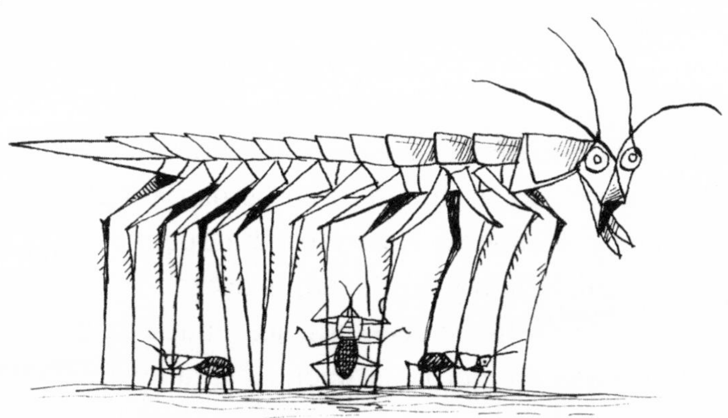

◆ LOS PIPINEYANOS hablaban entre sí con chiflidos que sólo el doctor Östengruff entendía.

–♪♬♬𝅗𝅥𝅗𝅥–dijo uno.

–♪♬♬𝅗𝅥♩♪𝅗𝅥♪ –contestó otro.

–¿Qué dicen? –preguntó Galga.

–Que ahora me toca a mí saber lo que es el *bamp* –tradujo Vítar.

–Pero hicimos todo lo que pudimos –se quejó Leidi.

–Dígales que viajamos desde el otro lado del mundo sólo para... –añadió Juliana.

–No hay palabras ni chiflidos que valgan –explicó el doctor–: Tico era el príncipe de esta laguna. No creo que nos vayan a perdonar.

Y efectivamente, el que parecía jefe de los pipineyanos dio una orden:

–♪♬♬𝅗𝅥𝅗𝅥♪♬♬𝅗𝅥♪𝅗𝅥♬𝅗𝅥♪.

De inmediato ocho hombres cargaron al doctor y a los recién

llegados y los condujeron a una habitación oscura. El jefe cerró la puerta, echó llave y dijo:

–♪.

Durante tres largos días Los Cinco tuvieron que dormir en el suelo, recibir una vez al día un trozo de pan, un plátano y dos vasos de agua por cabeza, y resignarse a que pronto el doctor Östengruff se encogiera y *bamp*, adiós doctor.

Los chistes de Galga y de Leidi, los bailes de Sancho, los cuentos de Juliana no fueron suficientes para levantar el ánimo de Vítar.

Hasta que Leidi tuvo una buena idea.

–Doctor –le dijo a Östengruff, que ya tenía el tamaño de un ratón–, ¿por qué no se sale por debajo de la puerta y nos trae la llave?

–¡Qué! –gritó–. ¿Crees acaso que soy una cucaracha o una hormiga? ¿No recuerdas que soy un científico? ¡El alacranólogo más importante del mundo!

–Leidi tiene razón –se atrevió a contradecir Galga las palabras de su esposo–. No eres ni cucaracha ni hormiga, pero sí tienes el tamaño de...

–Y no le costaría ningún trabajo salir por debajo de la puerta y buscar la llave –continuó Juliana.

Sancho aprovechó para asomarse por el ojo de la cerradura. La luz de la luna iluminaba gran parte del cuarto contiguo.

–El guardia está dormido, doctor. Ahora es cuando. He visto que siempre pone la llave sobre la mesa.

–¿Y cómo piensas que voy a llegar allí? ¿Volando?

–Es cierto –dijo Sancho, que no se había apartado de la puerta–, con su tamaño no hay manera de alcanzar la llave.

Entonces Juliana chispó los dedos:

–Ya sé, ya sé: y si se sube a través de una cuerda..., como la que usan los alpinistas.

–En primer lugar –se puso serio Östengruff–, como puedes ver, en este cuarto no hay tiendas donde vendan cuerdas para alpinistas. En segundo, ni siquiera de niño me gustó escalar. Y en tercero, le temo a las alturas.

–En cuanto a la cuerda –dijo Juliana–, no hay ningún problema. No va a ser difícil hacer una a su medida. De eso yo me encargo.

Le pidió a Leidi los listones con los que se había anudado sus trenzas, y a Galga uno de sus aretes. Ató los dos listones e hizo pequeños nudos a todo lo largo de la cuerda. Al fin amarró el gancho del arete en uno de los extremos.

Al ver la cara de asombro del doctor, Sancho le explicó cómo debía usar la cuerda de alpinista.

–¿Y tú crees que a mi edad voy a ser capaz de trepar por esos nudos? ¡Imposible!

–¡Jarabe de cochinillas! ¡Hamburguesa de chinches! ¡Ya lo creo que es imposible! –dijo Galga–, ni yo podría. Pero la verdad...

–Sí, la verdad es que sólo así podríamos escapar algún día de este lugar –concluyó Leidi la frase. ◆

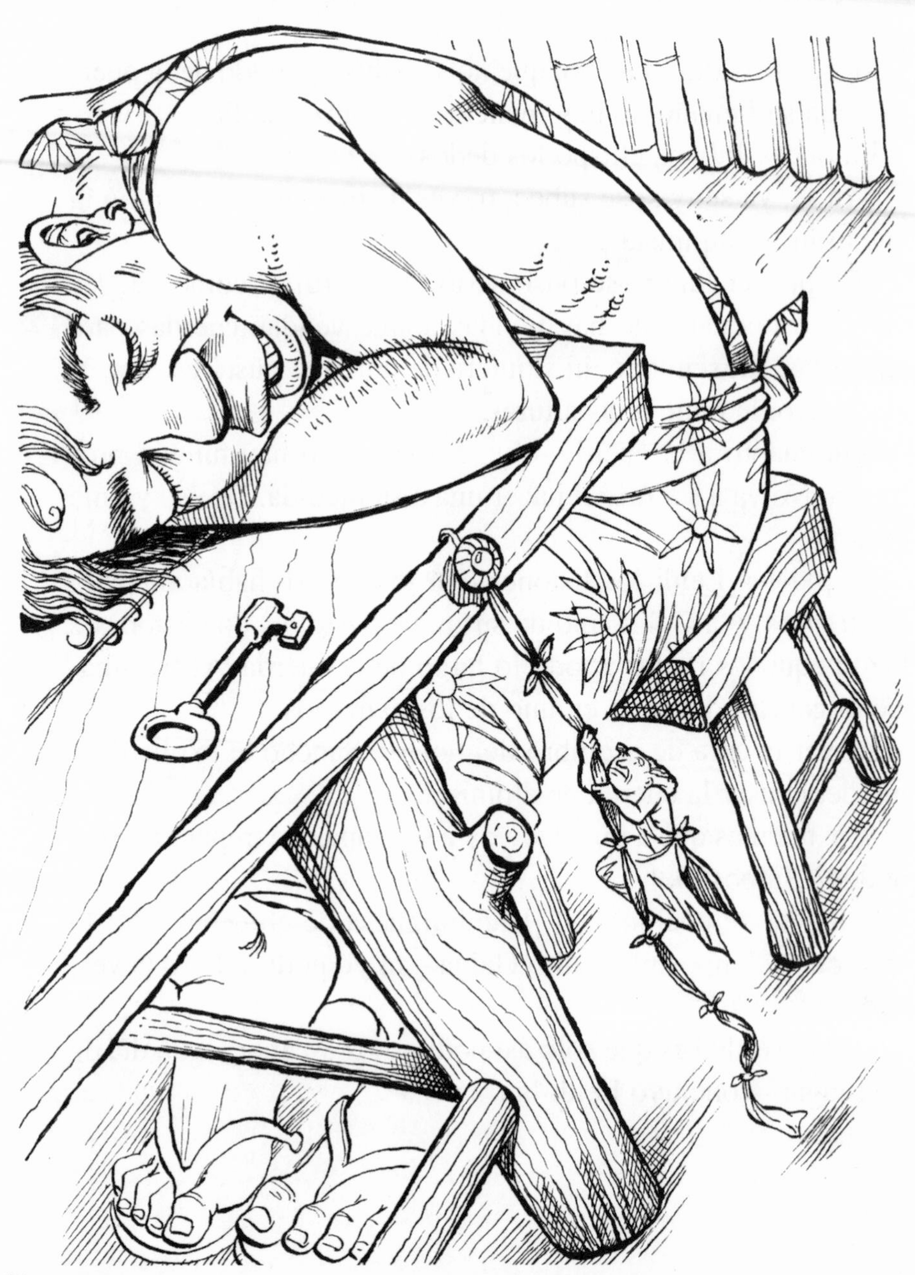

El alpinista

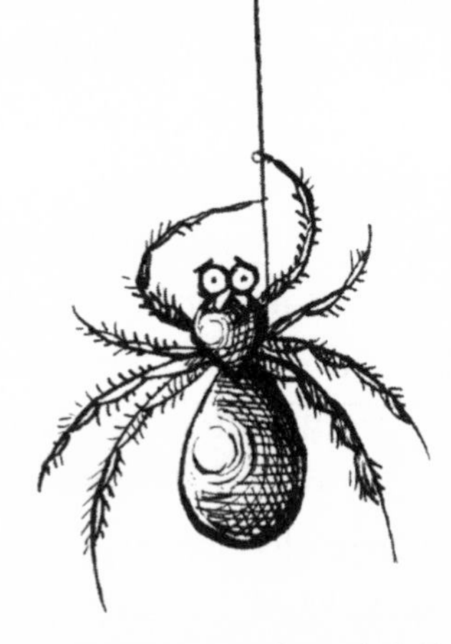

◆ ENTRE subir a través de los pequeños nudos del listón y el *bamp* inminente al que estaba condenado, Östengruff supo que no tenía alternativa: volvió a mirar con desconfianza la cuerda que le tendía Juliana, respiró hondo y, no muy convencido, la tomó entre sus diminutas manos. Al ver que no se atrevía a pasar por debajo de la puerta, Leidi lo animó:

–Estamos en sus manos, doctor. Sólo alguien como usted nos puede salvar de estos pipineyanos chifladores. Si no trae la llave, de seguro que mañana por la mañana vamos a ser su desayuno.

No muy convencido, Östengruff se acercó a la puerta. Juliana le prometió que si lograba conseguir la llave, ella se vestiría todos los días de amarillo. El doctor apretó los dientes y se deslizó por debajo de la puerta.

Desde el ojo de la cerradura Sancho siguió toda la escena. El pequeño Vítar se desplazaba lentamente y de puntitas, como si sus pasos pudieran despertar al cuidador. Al fin llegó a la pata de la mesa. Después de cinco intentos, logró prender el arete del borde e inició el ascenso hacia la elevada cumbre en la que estaba su salvación. Una vez arriba, notoriamente cansado, tomó con gran esfuerzo la pesada llave y la dejó caer sobre un trapo que estaba en el piso.

Aunque no se escuchó ningún ruido, en ese momento el guardia levantó los brazos y lanzó un bostezo estrepitoso. El doctor, asustado, corrió a esconderse detrás de un jarrón. Pasados dos o tres minutos, se atrevió a asomarse: el celador dormía de nuevo, profundamente.

Sin pensarlo dos veces, impulsado por el temor de que su verdugo despertara, se deslizó a toda velocidad por el listón como si fuera un experto alpinista. Tomó la llave del piso y la arrastró con evidente esfuerzo. De pronto se detuvo, soltó su cargamento y corrió de nuevo hacia la pata de la mesa para trepar por la cuerda y esconderse otra vez tras el jarrón.

Todos estaban desconcertados: la llave en el suelo y el doctor trepado en la mesa, cerca del temido pipineyano. La hora y media que tardó el doctor en volver a descender por la cuerda, tomar la llave y colarse bajo la puerta fue para ellos un siglo de espera y susto.

Cuando al fin Östengruff recuperó la respiración les contó lo que había sucedido:

–Cuando estaba por llegar me encontré en el camino con un enorme animal.

–Yo no vi nada –dijo Sancho.

–Era una especie de monstruo con seis patas, dos antenas enormes, lleno de pelos negros y con una boca amenazadora. De seguro me habría comido de un solo bocado.

–Luego platicamos del monstruo –dijo Galga, que al parecer era la única que le creía el cuento a su esposo–. Primero hay que salir de aquí, ¡fritanga de avispas!

–¡Puré de hormigas! –la imitó Leidi–. Yo también creo que mejor platicamos después.

Galga puso a su esposo dentro de su bolsa, todos se quitaron los zapatos, Sancho hizo girar lentamente la llave y salieron, a pasos lentos, de su cárcel. Antes de abandonar la cabaña, Juliana tomó el frasquito donde estaba el antiveneno y la bolsa de los pulgones.

Una vez afuera se dirigieron hacia el lugar donde estaba la carreta con las cebras, que dormían plácidamente. Despertarlas no fue nada fácil, y menos porque había que hacerlo sin ruido. Sin embargo, al cabo de un rato Sancho logró que dos de ellas se pusieran de pie y las amarró a la carreta. A pequeños pasos Los Cinco salieron del poblado.

Casi al amanecer ya estaban en el aeropuerto, listos para salir rumbo a su casa.

En el avión, Sancho se metió al baño con el doctor Östengruff para terminar de preparar la fórmula con los pulgones. Ciertamente fue complicado, por lo reducido del tamaño del lugar y porque no tenía a la mano todos los instrumentos. Sin embargo, al cabo de quince minutos Sancho salió con la cara sonriente: Vítar, que viajaba en la bolsa de su camisa, ya se había tomado su dosis de antiveneno. ◆

A golpes

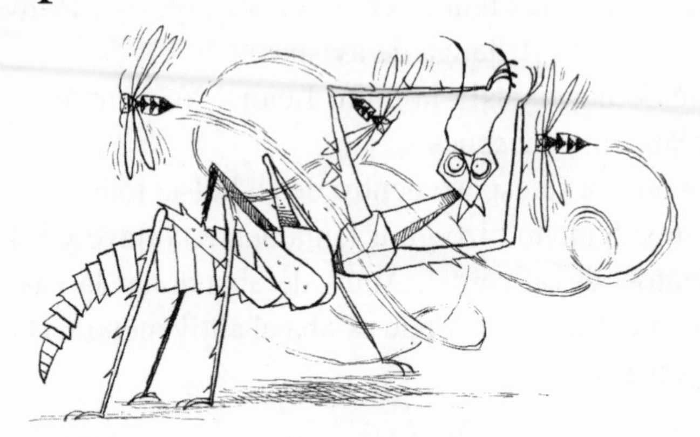

◆ EL REGRESO del viaje a Pipiney coincidió con el fin de las vacaciones. Después de cuatro días de descanso, Los Tres se presentaron a la escuela para contar a sus compañeros las hazañas vividas durante esos meses. Hasta la maestra de Leidi quedó encantada con el relato: aunque no creía del todo lo de la bampacrisis ni lo del antiveneno, en el globo terráqueo mostró a todos sus alumnos dónde estaban las lagunas del Pipiney, al norte de Angambique y al sur de Turambul, y les contó que sus habitantes hablaban una extraña lengua silbada.

A la salida de la escuela Sancho, Juliana y Leidi se reunieron para volver juntos a sus casas y planear una visita al doctor Östengruff y a su esposa por la tarde. Al cruzar la calle se encontraron con Elías Pistrécalo:

–¡Vendo esta lombriz! ¡Barata, muy barata! ¿Quién compra esta lombricita? ¡Hoy tenemos en oferta esta lombriz roja!

–No le hagan caso –pidió Juliana–, sólo quiere molestarnos.

–Pero... –dijo Leidi–, estoy segura de que al doctor le sería útil tener la culebrita de Manila.

–Además, es nuestra. Nosotros la encontramos.

–¿Cuánto ofrecen por esta pe-li-gro-sa lombriz, jóvenes cazabichos? –se acercó Elías a ellos.

Aguantando el coraje, Juliana le ofreció veinte pesos, que significaba el ahorro de Los Tres de las próximas dos semanas.

–¿Dijiste cien pesos? –preguntó Elías antes de soltar una carcajada–. ¡Vendida: por cien pesos acabas de comprar al más pe-li-gro-so de los animales!

Sancho ya no pudo aguantar la rabia y se lanzó contra el ofensor. Le dio un golpe en la nariz y luego una patada en la pierna. Al ver que su amigo estaba en peligro, Juliana y Leidi se lanzaron también contra Elías que, desconcertado, apenas logró llevarse las manos a la cara antes de que el puño de Sancho reventara un segundo golpe contra su boca. Cayó al suelo y con él también el frasco en el que guardaba la culebrita de Manila.

Al verlo derribado y confundido, con un hilito de sangre que le corría de la nariz a la playera, Los Tres aprovecharon para salir disparados.

Elías tardó en reponerse. Tenía la mano cortada, con pequeños trozos de vidrio aún encajados en la piel, y sentía en el muslo derecho una zona caliente y con comezón. No vio hacia dónde habían salido sus enemigos.

Esa misma tarde, Leidi, Juliana y Sancho visitaron a los Östengruff. Al doctor se le veía más repuesto: tenía el tamaño de una de sus frutas favoritas: la piña. Llevaba puesto un traje amarillo que Galga le había hecho a su medida, tomaba un licuado de maracuyá en un vasito de juguete y sonreía conforme cada uno le daba la manota.

Le platicaron del altercado que Sancho tuvo con Elías, de la culebrita de Manila que encontraron y que se perdió después del pleito y de la maestra de Leidi y su globo terráqueo.

–Es necesario que encontremos la culebrita de Manila. Puede encajarle sus dientes a cualquiera. Y ya saben ustedes lo que eso significa.

Al día siguiente fueron a la escuela con el temor de que a la salida se toparan con Elías. Sin duda su venganza sería cruel. Y así fue: al traspasar la puerta, Elías los esperaba. Tenía un ojo morado y una sonrisa en la boca. No los atacó sólo porque el vigilante de la escuela estaba allí, viendo que los alumnos salieran en orden.

–Me la van a pagar –les dijo, apuntándolos con el dedo–, les aseguro que me la van a pagar muy caro. Por lo pronto, olvídense de sus alacranes. Yo creo que ya no queda ni uno solo vivo –y echó una sonora carcajada.

Al alejarse, lo vieron cojear de la pierna derecha.

–¿Qué habrá querido decir con que nos olvidemos de nuestros alacranes? –preguntó Leidi.

–Pues que se ha dedicado a buscarlos y matarlos –dijo Juliana con seguridad.

–O quizás –pensó Sancho en voz alta– que... Vamos al Pedregal Pelado: algo debe haber hecho. Lo presiento.

Por la tarde, Los Tres se reunieron en el parque y se encaminaron hacia el lugar donde habían encontrado la culebrita de Manila y los alacranes que salvaron del *bamp* a los esposos Östengruff. Conforme se aproximaban, Sancho confirmó su sospecha: todo olía a quemado. Y así fue; al llegar al Pedregal Pelado se encontraron con un lugar negro, lleno de humo: Elías Pistrécalo lo había incendiado. ◆

Pantaleón

◆ PASARON dos días sin que Sancho, Leidi y Juliana tuvieran noticias de su enemigo. Eso los tenía preocupados. ¿Qué maldad estaría tramando?

Durante ese tiempo se dedicaron a buscar, con mucho cuidado, la culebrita de Manila en los alrededores del sitio donde habían tenido el altercado con Elías. Se sentían con una gran responsabilidad por lo que pudiera sucederle a alguien, aunque Pistrécalo fuera en realidad el verdadero y único culpable de que la víbora estuviera suelta.

El doctor Östengruff crecía velozmente: la semana siguiente lo fueron a visitar y ya casi alcanzaba a Leidi.

–La hemos buscado por todas partes, con mucho cuidado, doctor –explicó Sancho al referirse a la culebrita.

–Les creo. Aunque la viborita de Manila ha sido poco estudiada, porque se han encontrado pocos ejemplares, yo estoy casi seguro de que sabe esconderse muy bien. De cualquier manera habrá que seguir buscando. Quizás la suerte les ayude a atraparla.

–Lo prometemos, doctor –dijo Juliana–. Es cuestión de tiempo para que caiga en nuestras redes.

–Sólo recuerden que tienen que ser muy precavidos. Una mordedura y... bampacrisis.

–¿Y qué ha sucedido con ese muchacho... –preguntó Galga– que se llama...? ¡Paella de pulgas! No puedo acordame de su nombre.

–Elías Pistrécalo.

–Desde hace como una semana no ha ido a la escuela.

–Debe estar preparando un plan para vengarse de nosotros.

–¡Gazpacho de ratas! Si ese mocoso vuelve a hacerles algo, va a ver cómo se enoja Galga Östengruff. Les aseguro que se arrenpentirá, ¡papilla de moluscos!

Al llegar a su casa, Sancho recibió una mala noticia: Pantaleón, su ganso, había muerto. Desde el día anterior no aparecía. Pero como eso ya había pasado en otras ocasiones, no le dio importancia. Sin embargo, ahora un vecino lo había encontrado tirado, sin vida, en un terreno baldío.

–Quizás un perro... –trató de explicarle su mamá.

–Los perros le tenían miedo. Pantaleón era más bravo que el más bravo de los perros.

–Entonces, a lo mejor...

Sancho no dejó que su mamá continuara y, con lágrimas en los ojos, abrazó a su mascota.

Al cabo de media hora dejó de llorar, tomó a su ganso entre las manos y salió rumbo a casa del doctor Östengruff. Él podría decirle por qué se había muerto Pantaleón.

Galga estaba muy afligida. Le dolía ver a Sancho tan triste y tan desamparado por la muerte de su ganso.

–La verdad –dijo Vítar–, yo no sé mucho de aves palmípedas. Mi especialidad son los alacranes. Pero, espérenme aquí un momento, voy al laboratorio y haré todo lo posible por saber qué le pasó a Pantaleón.

Galga y Sancho se sentaron a esperar en la sala. Bebían un poco de agua de guayaba y hablaban acerca del ganso, de lo buen acompañante que era, de todos los años que habían vivido juntos. Al cabo de media hora salió el doctor de su laboratorio.

–Pantaleón murió de un golpe en la cabeza. Quizás fue un bat o una piedra o un tronco de árbol... Es casi seguro que alguien le pegó con todas sus ganas... Sancho –se acercó Vítar–, yo creo que...

–¡Revoltillo de sanguijuelas! ¡Caldo de cucarachas! ¡Salsa de renacuajos! Para mí que fue ese..., ¿cómo se llama el mocoso...?

–Elías –dijo Sancho.

–No tienen por qué echarle la culpa si no están seguros –sentenció el doctor–. Pudo haberlo golpeado un coche.

–Estoy seguro –respondió Sancho–. Y me las va a pagar más caro de lo que se imagina.

Ya casi al anochecer, acompañado por sus dos amigas y con la ayuda de su papá, Sancho enterró a Pantaleón en un cerro cercano a su casa, al pie de un enorme laurel. ◆

¡Es usted una bruja!

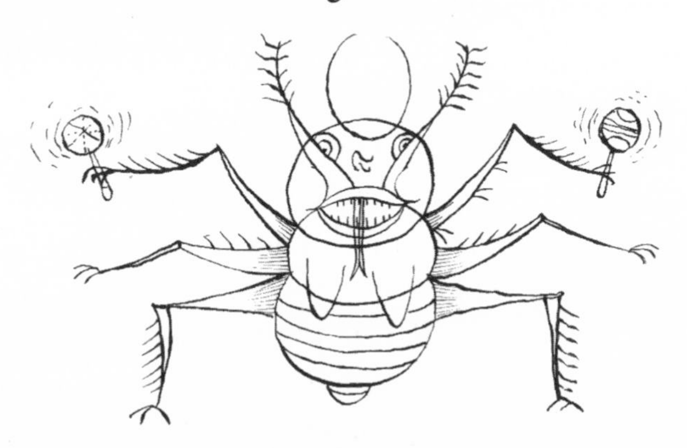

◆ ELÍAS tampoco se presentó a la mañana siguiente en la escuela, ni el sábado fue a la pizzería ni el domingo al boliche.

Decididos a encararlo y reclamarle la muerte de la mascota de Sancho, Los Tres fueron el lunes a buscarlo a la cancha de basquetbol. Era seguro que allí lo encontrarían.

No solamente no estaba allí, sus compañeros de juego dijeron que no lo habían visto desde hacía varios días.

–Vamos a su casa –sugirió Juliana.

–No creo que se atreva a abrirnos la puerta –dijo Leidi enojada–. A la mera hora es un cobarde.

–Algo haremos –concluyó Sancho–. Ya se nos ocurrirá cómo obligarlo a que nos abra.

De camino a casa de Elías se encontraron con Galga, que volvía del mercado. Cuando Los Tres le contaron lo que pretendían hacer, ella insistió en acompañarlos.

–¡Gelatina de bacalao! Va a ver ese mugroso chamaco quién es Galga Östengruff.

Los Cuatro llegaron a casa de Elías, tocaron el timbre y esperaron varios minutos en vano. Nadie abrió la puerta. Justo cuando estaban por retirarse, llegaron los señores Pistrécalo.

–Buscamos a Elías –dijo Sancho.

–¿A Elías? ¿Lo buscan? ¿Qué no son acaso ustedes los cazabichos de los que tanto se burla? –preguntó el papá.

–Sí, los mismos, señor –dijo Juliana–. Y venimos a buscarlo porque mató a Pantaleón.

–Y quemó el Pedregal Pelado.

–Y nos robó nuestra culebrita de Manila.

–Miren, chamacos –intervino la señora Pistrécalo–, será mejor que se vayan porque, en primer lugar, Elías no querría verlos, y en segundo porque no está. Acabamos de llevarlo a casa de sus abuelos. Ha estado un poco enfermo del estómago y...

–¡Hígado encebollado de tarántula! ¡Yogurt de sapo! –tronó Galga–. Dígale a su hijo que si se vuelve a meter con ellos, ¡capirotada de termitas!, lo trataré como a un insecto, ¿me oyó?

Los señores Pistrécalo, sorprendidos por la intervención de la señora Östengruff, a quien no habían visto, se asustaron y corrieron a meterse en su casa. Antes de cerrar la puerta, la señora Pistrécalo, con la cara desfigurada y los ojos desorbitados, le gritó:

–¡Es usted una bruja! ◆

Bampabrujos

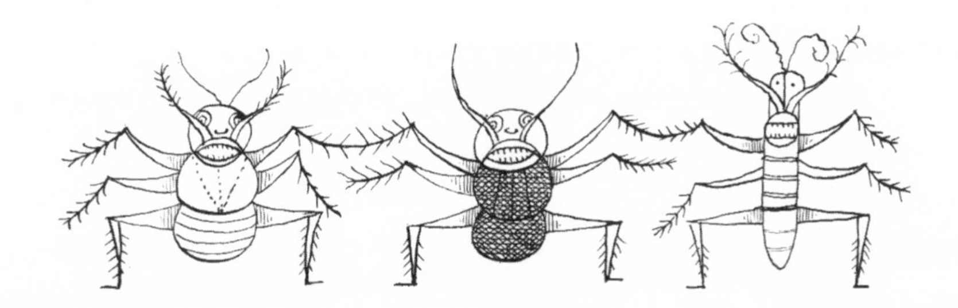

◆ UNA SEMANA después seguía sin aparecer Elías. Tampoco la culebrita de Manila, a pesar de que Los Tres la habían buscado todas las tardes.

El lunes, al salir de la escuela, un compañero de Pistrécalo se acercó a ellos:

–Ustedes son los amigos de la bruja, ¿verdad?

–¿La bruja? –se sorprendió Leidi–. ¿A tu edad crees en brujas?

–No se hagan los que no saben. La señora Pistrécalo me contó todo...

–¡Ah, sí! –intervino Sancho en cuanto se acordó de lo que la mamá de Elías le había gritado a Galga–. Somos muy amigos de la bruja. Así que cuídate, no sea que a ti también te vaya a embrujar como lo hizo con ella.

–¿Con ella? A Elías fue al que embrujó. Se está encogiendo. Lo vi con mis propios ojos.

–¡Bampacrisis! –dijeron Los Tres al mismo tiempo.

–¡Brujería! –respondió el amigo de su enemigo.

–¿Como qué tamaño tiene? –preguntó Juliana.

–Parece un niño de seis años. Lo vi ayer. Me pidió que les dijera que, en cuanto se recupere y vuelva a tener la estatura que tenía, se va a vengar de ustedes. Que lo que hizo con tu gansito –volteó a ver a Sancho– va a ser nada en comparación con los planes que tiene para vengarse de ustedes y de la bruja.

–Pues ya que te mandó de mensajero –le contestó Juliana–, puedes decirle que no está embrujado, que fue mordido por nuestra "lom-bri-ci-ta pe-li-gro-sa", y que es un bampacrísico que sólo se puede curar con el antiveneno del doctor Östengruff.

–Si quiere volver a ser como era antes puede llamarnos. Quizás le ayudemos.

–O quizás no –remató Sancho.

–¡Están locos! –se enojó el muchacho–. ¡Brujos! ¡Brujos! ¡Son unos brujos ustedes también! –y les dio la espalda.

Los Tres corrieron al Callejón del Cangrejo Dorado número 15. Galga los recibió y les dijo que el doctor estaba empacando su ropa porque tendría que viajar a Lugano: había allí un bampacrísico que necesitaba de su fórmula.

–¿Por qué están tan agitados? –les preguntó–. Tómenlo con calma. Les voy a servir un poco de jugo de naranja con mango. Está delicioso...

–No hay tiempo –aseguró Leidi.

–Es que Elías Pistrécalo –continuó Juliana tomando un poco de aire– tiene bampacrisis. Le picó la culebrita de Manila.

–Y muy merecido lo tiene –concluyó Sancho.

–¡Caldo de pescado con babosas! Ya lo creo que lo tiene merecido, pero... Pero en cuanto se lo diga a Vítar, él no va a dejar que ese niño: *bamp*. Sería incapaz.

–Lo peor de todo –siguió Juliana– es que él mismo quemó todo el Pedregal Pelado. No debe quedar vivo allí ni un solo alacrán. Y ése era el mejor lugar para...

–¡Buñuelos de moscardón! Yo creo que voy a llamar a mi esposo para que ustedes le expliquen todo. ¡Panqué de zarigüeya!

Ya más tranquilos, Los Tres le platicaron al alacranólogo todo lo que había sucedido durante los últimos días.

–Tendré que ir con los padres para informarles acerca del peligro que corre su hijo de desaparecer. *Bamp, bamp*. Y ustedes tendrán que volver a ayudarme. Hay que salvar a ese chico del *bamp*. Aunque sea tan malo como dicen, mi deber es salvarlo. Y ustedes tendrán que ser fieles a su vocación de buscalacranes. No hay tiempo que perder, porque en Lugano hay una señora a la que también tengo que curar. Ya me tienen listos los alacranes. Así es que a más tardar en tres o cuatro días estoy de regreso, justo a tiempo para salvar a su amigo..., perdón, a su enemigo.

Sin tiempo para hablar más, Los Cinco se dirigieron hacia la casa de los señores Pistrécalo. En el camino, Leidi les recordó que ellos pensaban que su hijo estaba embrujado por Galga.

Al llegar, el doctor llamó a la puerta.

–¿Es usted el señor Pistrécalo?

–¿Viene a cobrar algo?

–Mire, soy el doctor Östengruff y vengo a hablar con usted de algo en extremo urgente.

El papá de Elías estaba impresionado, y no porque alguien llegara a decirle que tenía que hablar urgentemente con él, sino por la impecable vestidura amarilla de su interlocutor. En cuanto pudo ver a quienes lo acompañaban, se asustó aún más.

–¡Cuquita, Cuquita! –le gritó a su esposa–. ¡Aquí está la bruja y los cazabichos y un señor tan amarillo que parece yema de huevo! –y cerró la puerta en la nariz de Vítar.

El doctor, sereno, volvió a tocar el timbre. Dos, tres, cuatro

veces. Hasta que al fin la señora Pistrécalo se dignó a contestar, aunque sin abrir la puerta.

–¿Qué es lo que quieren? ¿Van a embrujarme a mí también? ¿O a mi esposo?

–Señora Pistrácalu, mi nombre es Vítar Östengruff.

–Mi apellido es Pistréééééééécalo, señor Östungriff.

–Öööööööstengruff, el mejor alacranólogo del mundo.

–Ya me lo imaginaba: ¡un brujo!

–Señora, soy un científico que viene aquí para tratar de salvar a su hijo de una extraña enfermedad llamada bampacrisis. Necesito verlo para saber qué tan avanzado está el proceso de encogimiento.

–Esa señora que viene con usted...

–Es Galga, mi esposa...

–Pues esa señora embrujó a mi hijo.

–A su hijo le clavó los dientes una culebrita de Manila. Le inyectó su toxina bampacrísica y eso es todo: si no se le administra el antiveneno: *bamp, bamp*.

–Conque *bamp, bamp* –repitió Cuquita Pistrécalo–. Sí, tienen razón: son ustedes unos ¡bampabrujos! ◆

Planes

◆ REUNIDOS Los Cinco en la casona del Callejón del Cangrejo Dorado, el doctor habló seriamente.

–Algo tendrán que hacer para hacerlos entrar en razón. Deben aceptar que cure a su hijo.

–En cuanto vean que Elías se encoge más y más cada día, de seguro nos hacen caso –dijo Leidi.

–No creo –intervino Galga–, se ven demasiado tercos.

–¿Y si le mandamos una pizza que tenga antiveneno? –sugirió Juliana.

–No, acuérdate que ya perdió el apetito –concluyó Sancho.

–La verdad –continuó Vítar–, no sé cómo lo van a solucionar. Lo que sí sé es que tienen que hacerlo. También tendrán que capturar los setenta y cuatro alacranes que se necesitan para hacer la fórmula. Yo salgo dentro de un rato hacia Lugano, y en tres o cuatro días estoy de vuelta. Para entonces espero que hayan encontrado la manera de poder darle el antiveneno al chico. Y claro: los alacranes. Setenta y cuatro, no lo olviden.

–Pero... el Pedregal Pelado... –intentó decir Leidi.

–Confío en ustedes. No me pueden fallar. Y ahora, fuera de aquí, aún tengo cosas que hacer antes de tomar el avión hacia Lugano.

Los Tres se fueron a casa de Leidi para hacer planes.

–Ahora sí que nos la puso difícil el doctor.

–Tenemos que hacer un buen plan. Primero, para convencer a los papás de Elías de que su espantoso hijo se tome la fórmula. Y segundo, para encontrar los alacranes.

–Tiene que haber alguna manera de...

–Ya sé –dijo Leidi–, le podríamos pedir a tu papá que diga que es un desembrujador y que...

–Imposible –contestó Sancho–, todos saben que él es el panadero del barrio.

–Y si les mandamos una carta para decirles del peligro que corre su horrible hijo...

–Piensan que está embrujado. No creo que haya manera de convencerlos.

–¡Y todo esto por salvar a Elías!

–Mejor piensa que todo lo que hagamos es para ayudar al doctor Östengruff.

–Algo se nos ocurrirá –dijo Sancho–. Por lo pronto hay que dormir bien porque mañana nos espera un día de mucho trabajo: hay que cazar setenta y cuatro alacranes ¡en cuatro días!

Como la mañana siguiente no tenían clases, Los Tres quedaron de verse en el parque. Cuando Leidi despidió a sus amigos y cerró la puerta, sintió que algo había crujido bajo uno de sus zapatos. Al levantarlo comprobó su sospecha: había despanzurrado a un alacrán.

–Esto me huele mal –se dijo a sí misma, y se fue a su cuarto sin acordarse de que aún no había cenado. ◆

De un lugar al otro

◆ AL DÍA siguiente, después de platicarle a Leidi y Sancho el mal augurio que significaba haber pisado el alacrán la noche anterior, Los Tres se pusieron a buscar sus presas en el parque mismo. Llevaban todos los instrumentos necesarios para la cacería de alacranes: guantes, pinzas, frascos de vidrio y una pequeña red.

Se dedicaron toda la mañana a levantar piedras pesadas, a remover la hojarasca seca, a treparse a los árboles y a escarbar en la tierra. El resultado de varias horas de trabajo no fue muy alentador: cinco alacranes.

Por la tarde, en un rancho cercano a la casa de Leidi y de sus tías regañonas, lograron atrapar otros seis.

Al terminar la jornada, Los Tres se reunieron con Galga en el Callejón del Cangrejo Dorado.

–¿Por qué tan tristes? –les preguntó.

–Hemos trabajado todo el día –respondió Juliana– y sólo llevamos once alacranes.

–Doce: esta mañana me encontré uno, ¿saben dónde?, ¡tortilla de libélulas!, paradito sobre mi cepillo del pelo.

–De todas maneras doce son pocos –dijo Leidi–. Y sólo nos faltan tres días.

–No se preocupen: estoy segurísima de que los van a encontrar. Además ya casi tengo el plan para obligar a ese mocoso a tomarse el antiveneno.

–¿Cómo? –preguntaron Los Tres al mismo tiempo.

–Les dije que ya casi. Cuando lo tenga bien resuelto les prometo que se los digo. Por lo pronto, ¡cocada de sanguijuelas!, pónganse mañana a buscar más alacranes.

Los siguientes tres días fueron verdaderamente agotadores. Decidieron separarse: era más seguro que cada quien se dedicara a trabajar un lugar que hacerlo juntos. Iban de un lado a otro. De la casa de la señora Orandina a la del señor Gulp. Del terreno baldío que estaba al lado del Banco a la montaña donde vivían los abuelos de Juliana. De la panadería del papá de Sancho a la escuela donde estudiaban sus vecinos Aníbal y Melquiades.

Al atardecer de ese cuarto día de búsqueda quedaron de reunirse en casa de Sancho. Muy agitados, temerosos de quedarle mal al doctor Östengruff, contaron sus presas: setenta y siete alacranes vivitos y con la cola parada.

Se sentían raros de estar tan felices por saber que le salvarían la vida al odioso Elías.

Sancho tomó el teléfono y llamó a Galga.

–Ya tenemos los alacranes.

–¡Hot cakes de camaleón! ¡Hot dogs de perro! ¡Estaba segura de que lo lograrían! Mañana llega Vítar. Lo vamos a recibir con la noticia de que los alacranes esperan que los convierta en antiveneno. Y también con el plan que tengo para darle a ese grosero escuincle su brebaje.

–¿Qué plan?

–Mañana se los cuento. Nos vemos a las cinco. ◆

X

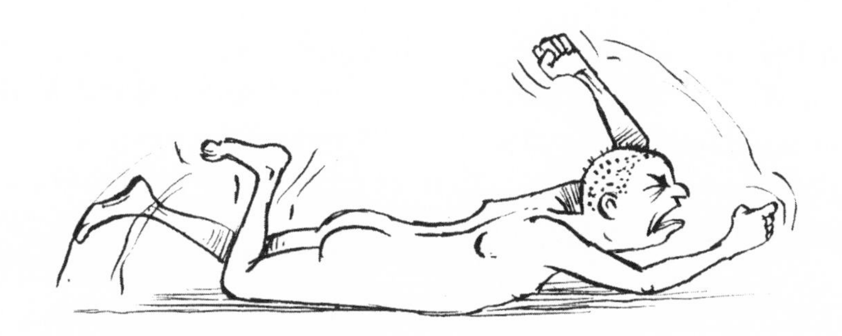

◆ COMO ya no aguantaban las ganas de conocer el plan de Galga, Los Tres llegaron media hora antes de la cita a la casa de la señora Östengruff.

–Vamos, vamos, súbanse al coche. Tendrán que acompañarme a recoger a Vítar al aeropuerto. En el camino les cuento mi plan.

Leidi, Juliana y Sancho dejaron en el laboratorio del doctor todos los frascos y las cajitas que servían como cárceles para sus presas. Además, Sancho depositó también una bolsa llena de pulgones verdes.

Durante el camino al aeropuerto, Galga les confió su plan.

–Durante estos días he estado pensando mucho acerca de cómo hacer que ese malcriado chico se tome la fórmula de Vítar. ¡Fabada de luciérnagas!, no encontraba la manera de convencer a los papás de Elías. Hasta que se me ocurrió que lo mejor sería que ustedes lo raptaran.

–¡¿Raptarlo?! –se sorprendió Leidi–. ¡Arroz con leche de mariposas! ¿Cómo vamos a raptarlo?

–Muy fácil. Hoy por la noche se saltan la cerca de la casa de los Pistrécalo. Luego Sancho le ayuda a Juliana a trepar hasta la habitación de Elías.

–¿Yo?

–Sí, tú. Y entonces abres la ventana, te metes al cuarto del chamaco majadero, lo guardas en la bolsa de tu pantalón, con cuidado de no aplastarlo, y lo traes a la casa, le abrimos la boca y le damos de beber la fórmula. Muy fácil ¿no?

–¿Usted cree que es tan fácil meterse a una casa ajena? –dudó Sancho.

–¡Pulpos en su tinta de camello! He estado vigilando la casa de la familia Pistrécalo desde hace tres días. Saltarse la cerca es tan sencillo que hasta yo podría hacerlo. Subir a la habitación de Elías es cosa que cualquier niño podría hacer. La ventana, por cierto, siempre está abierta: lo he comprobado. Y lo demás es una bobería. ¡Tremendamente fácil!

–Si usted lo dice... –dijo Juliana atemorizada.

–Lo que sí tengo que pedirles es que no le cuenten nada de esto a Vítar. Él seguramente no aprobaría lo que vamos a hacer. No estaría de acuerdo en que trajéramos al paciente a la fuerza. ¿Trato? –les preguntó.

–Sí –no dudaron en contestar los Tres–: trato hecho jamás deshecho.

El doctor Östengruff, vestido con un traje amarillo cerveza que le habían regalado en Lugano, se sorprendió con la bienvenida que le dieron Los Cuatro. Ya de por sí estaba feliz porque había logrado salvar a la bampacrísica luganense.

Durante el trayecto de regreso a casa todos querían decirle algo:

–Setenta y siete alacranes.

–Seis en la casa de la señora Orandina.

–Nueve en la montaña donde viven mis abuelos.

–Hoy por la noche le llevamos a Elías.

–Uno sobre mi cepillo del pelo.

–Junté más de quinientos pulgones verdes.

–Está bien, está bien –frenó Vítar el bombardeo de información que le daban–. En lo que ustedes me traen al muchacho yo preparo la fórmula. ¿De acuerdo?

Los Tres, más bien Los Cuatro, se miraron a los ojos e hicieron un pacto en boca de Sancho:

–Dentro de una hora le llevamos a Elías.

Juliana, Sancho y Leidi se bajaron del coche cerca de la casa de los Pistrécalo. Asustados, temerosos de echar a perder todo su trabajo en pos de conseguir los alacranes, pero decididos al fin a seguir el plan de Galga, Los Tres llegaron a casa de Elías dispuestos a salvar la vida del más odioso de los odiosos niños que habían conocido en su vida.

Tal y como se los había dicho la señora Östengruff, fue muy sencillo saltarse la cerca. Sancho ofreció sus espaldas para que Juliana pudiera alcanzar la ventana del cuarto de Elías. Una vez dentro de la habitación, ella lo apresó en una sola mano, lo puso en su bolsa y regresó a la calle.

A pesar de los diminutos gritos que profería Pistrécalo ("Me las van a pagar. En cuanto me desembrujen les juro que me las pagarán"), Los Tres corrieron con su pequeñito enemigo rumbo a casa de los Östengruff.

Vítar los esperaba ya con la fórmula lista.

–¿Dónde está su amiguito..., digo: su enemiguito?

–Lo trae Juliana en su bolsa.

En cuanto el doctor lo tuvo entre sus manos le dijo:

–Vamos a darle su medicina al niñito. Abre tu boquita, no te va a saber tan feo. Hasta yo me he tomado este juguito tan delicioso. Te va a curar.

El diminuto Elías se negaba a aceptar el pequeño vasito que el doctor Östengruff le ofrecía. Al fin, con unas pinzas le abrió la boca y le metió el antiveneno salvador.

Elías recibió el líquido, hizo un buche y escupió el espantoso brebaje.

Todos se quedaron mudos.

Pasaron exactamente veinte segundos antes de escuchar un diminuto *bamp* que los dejó por mucho tiempo sordos

Fin ◆

Índice

Este libro se terminó de imprimir y encuadernar en el mes de marzo de 2005 en Impresora y Encuadernadora Progreso, S. A. de C. V. (IEPSA), Calz. de San Lorenzo, 244; 09830 México, D. F. Se tiraron 10 000 ejemplares.

para los que leen bien

Las aventuras de Pierino en el mercado de Luino

de Piero Chiara

ilustraciones de Luis Fernando Enríquez

Un día, en el mercado, Pierino vio un biplano que volaba a baja altura y le nació la idea del vuelo. Encontró una enorme sombrilla. Pensó que no le sería difícil transformarla en un paracaídas con el cual arrojarse para descender, como un mensajero celeste, en la placita enfrente del puerto.

Si el experimento resultaba, repetiría el lanzamiento y recibiría las monedas de los espectadores.

Sólo le quedaba esperar el miércoles más oportuno, que llegó después de dos o tres semanas de lluvia.

Piero Chiara nació en Italia en 1913. Destacado autor de novelas, también escribió libros para niños y jóvenes. Murió en 1986.

para los que leen bien

La fórmula del doctor Funes

de Francisco Hinojosa
ilustraciones de Mauricio Gómez Morin

—Mi abuelo fue un médico famoso en todo el mundo. Poco antes de morir descubrió que aquí —el doctor Funes se tocó abajito de la oreja— todos tenemos una glándula, del tamaño de una hormiga, que es la responsable del envejecimiento. Luego se puso a buscar una fórmula para crear una sustancia que frenara el funcionamiento de esa glándula. Y casi lo logró.

Francisco Hinojosa nació en México. Es autor, entre otros, de **A golpe de calcetín, La vieja que comía gente, Cuando los ratones se daban la gran vida** ***y, en coautoría con Alicia Meza,*** **Joaquín y Maclovia se quieren casar.** ***En esta colección también ha publicado*** **Aníbal y Melquiades, La peor señora del mundo** ***y*** **Amadís de Anís… Amadís de codorniz.**